THÉATRE

DE

MARION DU MERSAN.

THÉATRE

DE

MARION DU MERSAN,

SEUL ET EN SOCIÉTÉ

AVEC

MM. Aubertin, Bosquier, Bouilly, Brazier, Brunswick, Carmouche, Céran, Chazet, de Courcy, Dartois, Debuguy, Deforges, Désaugiers, Dupeuty, Dupin, G. Duval, Francis, Gabriel, Henrion, Honoré, Jaime, Lafontaine, Martainville, Mélesville, Merle, Moreau, Nézel, J. Pain, Pixérécourt, Poirson, Ponet, Rochefort, de Rougemont, Rousseau, Scribe, Servières, Sewrin, Simonnin, Théaulon, Vieillard.

Suum cuique.

TOME

COLLECTION,

ACCOMPAGNÉE DE NOTES AUTOGRAPHES,
POUR LA BIBLIOTHÈQUE ROYALE.

PARIS, 1837.

Pièces contenues dans ce volume.

175ᵉ.	Les Entrepreneurs.
176ᵉ.	Les Cochers.
177ᵉ.	La chambre de Suzon.
178ᵉ.	Les Paysans.
179ᵉ.	L'Auvergnate
180ᵉ.	Notes sur Clara Wendel.
181ᵉ.	Pauline ou Brusque et bonne.
182ᵉ.	Les Filets de Vulcain.
183ᵉ.	Les petites Biographies.
184ᵉ.	Les Écoliers en promenade.
185ᵉ.	Les Passages et les Rues.

L'AUVERGNATE

OU

LA PRINCIPALE LOCATAIRE,

VAUDEVILLE EN UN ACTE,

Par MM. DUMERSAN, GABRIEL et BRAZIER.

Représenté pour la première fois à Paris, sur le Théâtre
du Vaudeville, le 26 Avril 1826,

PARIS,

J.-N. BARBA, ÉDITEUR,

Chez {

Palais-Royal, derrière le Théâtre-Français.
Et Duvernois, Libraire, cour des Fontaines,
passage d'Henri IV,

1826,

105

PERSONNAGES.   ACTEURS.

MICHELINE, auvergnate, fruitière
et principale locataire. . . . . . . Mlle. FLORE.
BÉNÉDY, son prétendu, jeune auver-
gnat . . . . M. FÉRÉ.
HENRY, peintre, locataire de Miche-
line . . . . M. BERCOUR.
M. LE ROC, propriétaire. . . . . . M. EMILE.
Mme. DURAND, vieille veuve rentière,
bavarde et méchante. . . . . . . Mme. GUILLEMIN.
JÉROME, commissionnaire. . . . . M. HYPOLITE.
Une Petite Fille . . . . Mlle. AUGUSTINE.

La Scène se passe à Paris.

Nota. S'adresser pour avoir la partition, à M. Hus-
Desforges, chef d'orchestre du théâtre du Vaudeville.

IMPRIMERIE DE A. CONIAM,
Rue du Faubourg Montmartre, n. 4.

L'AUVERGNATE

COMÉDIE-VAUDEVILLE.

*Le théâtre représente une place publique. A droite,
la boutique de Micheline, dont la devanture est
garnie de fruits, de légumes, etc.; à gauche, une
maison en saillie avec cette inscription au coin:
RUE DU PUITS QUI PARLE; au fond, la boutique
d'un marchand de vin.*

SCÈNE PREMIÈRE.

Mme DURAND, *tenant à la main un petit pot de
crème, un colifichet et un panier sous le bras.*

Voilà ma petite provision du matin, la crème pour
moi et Bibi, le colifichet pour Fifi, les gimblettes pour
Zizi... Ah! il faut que je prenne chez la fruitière des
légumes pour mon pot au feu et une botte de mouron...
Une maîtresse de maison doit penser à tout le monde;
ces pauvres petites bêtes me tiennent compagnie, c'est
mon unique société depuis que j'ai eu le malheur de
perdre M. Durand... Epoux adoré! va, tu peux te flat-
ter que je pense à toi... Quelle perte j'ai faite là... un si
bon employé!... (*Elle soupire.*) Ah!

Air ; *Chaque soir au boul'vard du Temple.*

Il était dans une assurance ;
Premier commis depuis deux ans ;
Ça d'vait lui donner l'espérance
De vivre encor un bon bout d' temps.
Voyez donc un peu c' que nous sommes,
Dans ses bureaux à tout moment
Il assurait la vi' des hommes
Et mourut presque subit'ment

Allons chez la fruitière, Micheline? où est-elle donc cette auvergnate?

UNE PETITE FILLE *sortant de la boutique.*

La bourgeoise? elle est en tournée chez les locataires, parce que c'est aujourd'hui le terme.

Mme DURAND.

Ah! oui, c'est le quinze; moi j'ai payé le huit. Dire qu'une fruitière est principale locataire d'une des plus belles maisons du faubourg St.-Jacques, tandis que moi, j'aurais plus de représentation et de considération; il faut que j'en parle au nouveau propriétaire qui vient d'acheter cette maison, M. le Roc.

SCÈNE II.

Mme DURAND, HENRI, *un tableau sous le bras.*

Mme DURAND.

Ah! ah! voilà le voisin de dessus mon carré! d'où vient-il donc si matin? Bon jour, voisin...

HENRI, *tristement.*

Ah! bonjour, madame Durand.

Mme DURAND.

— Vous êtes sorti de bien bonne heure aujourd'hui, monsieur Henri?

HENRI.

Oui, j'avais affaire.

Mme DURAND.

Et comment va la petite accouchée? Un gros garçon, un premier enfant, comme ça rend fier! Je n'ai pas eu ce bonheur-là avec M. Durand, moi, j'ai ignoré le bonheur maternel.

HENRI, *à part, soupirant.*

Le bonheur!

Mme DURAND.

Qu'est-ce donc? vous avez l'air triste, ne seriez-vous pas heureux? vous avez une si jolie petite femme, et vous l'aimez bien? hein?

HENRI.

Si j'aime ma femme!...

Mme DURAND.

Un mariage d'amour, n'est-ce pas... point de fortune... et les embarras du ménage!...

HENRI, *avec abandon.*

Ah! ma bonne voisine, vous avez de l'expérience;
je puis vous confier mes peines. Oui, je me suis marié
par amour, malgré mon père, je n'ai que mon travail
pour vivre. Si vous aviez parmi vos connaissances quelqu'un qui voulût se faire peindre?...

Mme DURAND,

Ça se trouve bien: puisque vous n'avez rien à faire,
pour vous amuser faites mon portrait, vous mettrez
Bibi sur mes genoux, Zizi à mes pieds, et Fifi sur mon
doigt.

HENRI.

Comme voisine je ne vous prendrai pas cher.

Mme DURAND.

Comment, pas cher?

HENRI.

Et pour deux cents francs!...

Mme DURAND *s'écriant.*

Deux cents francs! y songez-vous? un quartier de
mon revenu : j'ai vu sur les boulevards de très-jolis por-
traits à six francs, à l'huile, grands comme ça.... Deux
cents francs! J'ai cru, comme voisin, que vous vouliez
me peindre gratis...

HENRI.

Je vous suis obligé de la préférence. Si je pouvais attendre l'exposition, je suis sûr que mon tableau y ferait
de l'effet; mais je suis pressé, ce terme que je devais
payer il y a huit jours...

Mme DURAND.

Est-ce que Micheline vous tourmente?... Ah! cette
auvergnate est d'une rigidité pour les locataires; moi
qui suis solvable, Dieu merci, le huit, à midi sonnant,
elle sonnait à ma porte.

HENRI.

Il ne faut pas lui en vouloir, elle est en principale
locataire et responsable...

Mᵐᵉ DURAND.

C'est une arabe... Si j'étais à sa place, moi...

HENRI.

Micheline est bonne et obligeante.

Mᵐᵉ DURAND.

Oui, pour certaines personnes !... Vous êtes bien dans ses papiers, vous;... elle fait crédit aux jeunes gens, quand ils sont jolis garçons.

HENRI, *avec chaleur.*

Ah ! madame Durand, pouvez-vous parler ainsi de Micheline ? une si bonne fille.

Mᵐᵉ DURAND.

Eh ! mon Dieu, comme vous prenez feu... Est-ce que ?... mais au fait cette grosse fille a vraiment des prétentions... Je me rappelle que vous allez souvent dans son arrière boutique.

HENRI, *fâché.*

Madame Durand, vous êtes une mauvaise langue. (*Il lui tourne le dos*).

Mᵐᵉ DURAND.

Moi, une mauvaise langue, ah ! par exemple...

HENRI, *sans l'écouter.*

Duval m'avait promis de tâcher de placer mon tableau à la Société des amis des arts. Si j'allais le voir, il est encore de bonne heure... je serais de retour avant midi... et ce baptême !.. Ah ! j'en perdrai l'esprit. (*Il sort.*)

SCÈNE III.

Mᵐᵉ DURAND.

Moi, mauvaise langue, parce que je suis franche, que je dis la vérité... Eh bien ! oui, Micheline, dans sa grosse tournure montagnarde, a de la coquetterie : ce jeune homme se dérange pour elle ; et je parlerai au propriétaire : M. le Roc est un homme de mœurs et de probité !... Il lui donnera congé et je serai principale locataire à sa place. C'est très commode, parce qu'on augmente les loyers des autres, et qu'on se trouve logée pour rien. Ah ! la voilà... faisons-lui bonne mine.

SCÈNE IV.

Mme DURAND, MICHELINE, JÉROME, *ces derniers sortent de la maison de M. le Roc, au bas de laquelle est la boutique de Micheline.*

JÉROME.

Vous êtes bien bonne, mamzelle Micheline, c'est qu'on a des momens d'embarras... et vous êtes une brave fille.

MICHELINE, *avec bonhomie.*

Et laissez donc, Giérôma ! Vous êtes j'un honnête homme, est-che que je ne vous connais pas ? vous me rembourcherez cha à la première occasion, ou bien vous me ferez des commissions pour la peina.

Mme DURAND.

Encore un qui ne peut pas payer son loyer ?

JÉROME.

Non : madame Durand, ce n'est pas ça, je suis un homme d'ordre, mais on a quequ'fois du malheur, et mamzelle Micheline m'a prêté de quoi acheter une scie et un chevalet, parce qu'on m'a volé les miens l'autre jour.

Mme DURAND, *sèchement.*

Elle est bien généreuse...

MICHELINE.

Ah ! c'est bien peu de chose, qu'est-che que vous avez béjoin de dire cha, Giérôma !

JÉROME.

On ne saurait dire le bien trop haut ; adieu, mamzelle Micheline, en vous remerciant ; si vous avez besoin d'un coup de main, Jérôme est là, toujours à votre service.

Il sort.

SCÈNE V.

MICHELINE, Mme DURAND.

Mme DURAND.

C'est un ivrogne ; on lui aura volé sa scie et son chevalet à la porte de quelque cabaret...

MICHELINE.

Quand un pauv' ouvrier a bien travailla et qu'il a de
la fatigua, un bon verre de vin lui est utile...

Mme DURAND.

C'est celà, encouragez le vice et l'ivrognerie, c'est
bien, donnez-moi un petit paquet de légumes pour mon
pot au feu, et une botte de mouron pour Fifi.

MICHELINE.

Ah ! je preste mon argent aux hommes, et vous dé-
pensez le vostre pour les animaux, vous...

Mme DURAND, *séchement.*

Gardez votre conseil pour vous, l'Auvergnate !...
d'ailleurs les hommes sont souvent ingrats, et les animaux ne le sont pas,.

Air : *De ce baiser.*

Monsieur Durand n'est plus près de Brigitte,
Pour lui donner le baiser du matin,
Je le revois dans mon petit serin
Lorsqu'il me dit : maîtresse, baisez vite.

MICHELINE, *riant.*

Ha ! ha ! ha ! vous me faites rire... un cherin et un
mari, cha fait une fameuse différence.

Mme DURAND, *vivement.*

Qu'en savez-vous ? puisque vous n'êtes pas mariée...

MICHELINE.

Ah ! qu'est-che que cha fait ? ne dois-je pas j'épouser
mon bon petit Bénédy... et quand je chuis partie du
pays, est-che que vous croyà qu'il ne m'a pas donna un
bon petit baijea, bien appuya, mais en tout bien, tout
honneur, dà...

Mme DURAND.

Un baiser avant le mariage ; quelle horreur ! et un
baiser d'auvergnat, encore.

MICHELINE.

Air : *Vaud. de l'opéra comique.*

Madam' Durand, n' plaisantez pas,
Plus que vous j'avons d'la franchise,
Et les baisers des Auvergnats
Val'nt mieux qu' les vôtr's quoiqu'on en dise.

J'avons p't'être un peu d' naïv'té,
Mais dans uu pays comm' le nôtre,
On ne s'embrass' pas d'un côté
Pour se déchirer d' l'autre,

Pauvre Bénédy, il est à Pont-Gibaut, notre ville
natale, où il finit son apprentissage de chaudronnia;
mais il va venir s'établir à Paris, et je l'attends, peut-être
demain, peut-être aujourd'hui.

Mme DURAND, s'adoucissant,

En vérité! j'en serais fort aise... cela fera une noce...

MICHELINE.

S'il était arrivé aujourd'hui, che pauvre Bénédy, il
aurait été mon compère.

Mme DURAND.

Votre compère?

MICHELINE.

Eh! ben, est-che que vous ne savez pas que c'hest moi
que je chuis la marraine de che petit enfant qu'on va
baptiser aujourd'hui?

Mme DURAND.

L'enfant du peintre?

MICHELINE.

Oui, de monsieur Henry, che bon jeune homme; il
m'a pria de cha, et j'ai acchepté avèque bien du plaisir.

Mme DURAND, à part.

Ah! mon Dieu, prendre une fruitière pour marraine!

MICHELINE.

Plaît-il?

Mme DURAND, vivement.

Je me parle à moi-même. (à part.) C'est un affront
qu'il me fait : moi, sa voisine, porte à porte, à qui il a
mille obligations. Car je suis obligeante, et à tout moment ils me dérangent : c'est pour allumer leur chan-
delle, pour m'emprunter de l'eau... et puis on frappe à
ma porte pour la leur... je réponds, je ne suis pourtant
pas leur servante... (haut.) Qui est-ce qui est parrain?

MICHELINE

Et puisque je vous dis qu'il n'y en a pas encore.

Mm DURAND.

Ah! c'est vrai... ça fera un pauvre baptême, je n'ai

L'Auvergnate.   2 plus tant de regrets... ah! çà, je cause, je cause, moi, et mes bêtes qui m'attendent.

MICHELINE, *lui donnant des légumes.*

Voilà che que vous m'avais demanda.

Mme DURAND.

Et voilà votre argent, vos trois sous, je paye toujours comptant, moi, ma petite, je ne demande pas de crédit, entendez-vous? (*à part, en s'en allant.*) Elle ne peut pas faire la généreuse avec moi, ça la vexe; comme elle est vexée, l'auvergnate. *Elle sort.*

SCÈNE VI.

MICHELINE seule.

Elle est méchante, chette madame Durand, ah! ne nous j'occupons pas d'elle! j'ai assez affaire aujourd'hui, je vais faireina toilette pour le baptême... et puis M. Leroc, le propriétaire, qui va venir faire sa tournée pour toucher ses loyers. Je les ai tous reçus, excepté celui de M. Henri. Pauvre jeune homme! il a été malade et n'a pas pu travailler, et puis cha femme qui accouche... mais ch'est honnête et cha ne voudrait pas faire du tort à personne. Ah! voilà M. Leroc, c'hest un brave homme, c'hest dommage qu'il soit avare.

SCÈNE VII.

MICHELINE, monsieur LEROC.

LEROC.

Bonjour, Micheline.

MICHELINE.

Bonjour, mossieu Leroc, et qu'est-che que vous j'avez donc? je vous trouve l'air tout chouriffé.

LEROC.

Oui, je suis d'une colère! ah! qu'on est malheureux d'avoir des propriétés, des maisons...

MICHELINE, *riant.*

Bah! je voudrais bien avoir che malheur-là, moi.

LEROC.

Ah ! Micheline , on voit bien que vous ne savez pas
ce que c'est.

Air :

Je regrette que mes fonds
Soient placés sur des maisons,
Mon argent, à présent,
Ne me rend que neuf pour cent.
Et les réparations,
Et les impositions,
Assurances, portiers,
Me mangent tous mes loyers.

La chose est bien claire,
Un propriétaire
Parait riche, et pourtant,
Si l'on calcule un instant,
Il l'est moins, ma chère,
Que le locataire
Qui ne prend à ses frais
Qu'un appartement tout frais.

L'un veut que dans son grenier
On mette un petit papier,
L'autre veut, pour raison,
Une alcôve, une cloison,
L'un a des chiens et des chats
Qui causent mille dégâts ;
D'autres ont des enfans
Effroi des appartemens !

Paul se plaint de sa serrure,
Dont la gâche n'est pas sûre,
Pierre, en m'accostant, m'assure
Qu'il pleut dans son lit.
Celui-là, toute l'année,
Me dit que sa cheminée,
Qu'on a vingt fois ramonée,
Fume jour et nuit.

Ah ! c'est une indignité !
Je ne sais , en vérité,
Si je tiendrai long-temps
A loger de pareils gens ;
Au lieu d'augmenter mon bien ,
En honneur, j'y mets du mien :
Heureux ceux qui n'ont pas
Quatre maisons sur les bras !

MICHELINE.

Qu'est-che qu'il vous est donc arriva ?

LE ROC.

Je viens de ma maison de la rue de l'École-de-Médecine. Elle est louée par un homme qui y loge en garni des étudians de toute espèce, il faut voir en quel état est cette prétendue maison garnie ! des lits de sangle , des commodes de noyer sans tiroirs, des livres déchirés, des fragmens de squelettes ; il n'y a pas dans la maison de quoi répondre d'un terme, aussi je viens de donner congé à la médecine et à la chirurgie , qui finirait par disséquer toute ma maison.

MICHELINE.

Vous j'avez bien fait, moi j'ai soin de louer à des perchonnes comme il faut.

Air : *Du carnaval de Béranger.*

J'loge au premier un vieux préteur sur gages.

LE ROC.

Je crois qu'on peut compter sur son loyer.

MICHELINE.

Puis au second je loge deux ménages
De bons rentiers,

LE ROC,

Vous allez m'effrayer !

MICHELINE,

J'loge au troisième un maître d'écriture ;

LE ROC,

Montez le huit et très-exactement.

MICHELINE.

Au quatrième un peintre en miniature ,

LE ROC,

J'aimerais mieux un peintre en bâtiment.

MICHELINE.

Ah! c'est un bien honnête jeune homme, un petit ménage bien intéressant.

LE ROC.

C'est possible.... Ah! çà, Micheline, je viens chercher mes loyers.... c'est aujourd'hui le quinze, l'exactitude est l'âme des affaires....

MICHELINE.

C'hest vrai.... mais escusa, monsieur le Roc, il n'est pas encore midi, et le terme n'est exigible qu'à cette heure-là.

LE ROC.

Micheline, vous répondez de tout, je ne suis propriétaire de cette maison que depuis six mois, mais je veux la mettre sur un bon pied.

MICHELINE.

Soyez tranquille.... Ah! dites donc, monsieur le Roc, je pense à une chose, vous devriez faire faire votre portrait....

LE ROC, *avec humeur.*

Par votre peintre du quatrième, n'est-ce pas? Non, car j'ai en horreur les peintres et la peinture....

MICHELINE.

Pourquoi cha? chest pourtant bon gentil?

LE ROC, *de même.*

C'est la peinture qui m'a perdu mon fils.

MICHELINE.

Comment, vous j'avez un fils, mosieur le Roc?

LE ROC.

Oui, un mauvais sujet qui aurait fait sa fortune et qui, au lieu de cela, a pris le goût des beaux arts; il allait travailler dans un atelier, au lieu de se rendre chez l'avoué où je l'avais mis; là, Monsieur est devenu amoureux de la fille de son maître, une fille qui n'avait rien, et il l'a épousée malgré moi, aussi je ne veux plus le voir.

MICHELINE.

Comment, mochieu le Roc, vous avez chassé votre fils de chez vous ?

LE ROC.

Un fils désobéissant!

MICHELINE.

Et où est-il maintenant?

LE ROC.

Je ne veux pas le savoir.

MICHELINE.

Et c'hil était malheureux?

LE ROC.

Ce serait sa faute.

MICHELINE.

Vous ne viendriez pas à son secours?

LE ROC.

Non, parbleu !

MICHELINE, *à part*

Quel rapprochement!... Et-cheque che cherait?

LE ROC.

Ah! çà, Micheline, faites vos recouvremens et à midi....

MICHELINE.

C'hest entendu, et même pas plus tard, parche que je dois être marraine aujourd'hui.

LE ROC.

Ah! diable, j'espère que vous me donnerez des dragées.... Micheline (*lui prenant la main*). Hé! hé! hé! Micheline, vous êtes une fille honnête.... A midi, Micheline!...

Air : *du tra la la.*

A midi *(bis)*
Que mon argent soit ici ;
A midi *(bis)*
Que tout cela soit fini.
Ma chère, tous les trois mois ;
Aussitôt que j'aperçois
Des locataires polis ,
Je les salue et leur dis :
A midi *(bis)*
Voyez donc quel teint fleuri !
Voyez ce bras arrondi !
Voyez cet air réjoui !

Ah ! d'honneur, je suis ravi.

(*Prenant les mains de Micheline avec transport.*)

Micheline ! Micheline ! je n'y tiens pas. (*Il s'éloigne d'elle*). Allons nous-en, car cette-fille là me ferait tout oublier.... (*Haut.*)

A midi *(bis)*
Que mon argent soit ici
A midi *(bis)*
Que tout cela soit fini.
Que tout cela soit fini.

(*Il sort.*)

SCÈNE VIII.

MICHELINE, *seule.*

Est-il drôle donc, le vieux propriétaire.... Mais je pense à une chose ! ce qu'il vient de me dire de ce jeune peintre, de ce mariage d'amour.... Ah ! il faut que je tire ça au clair.... Si c'était lui, et si je pouvais rendre service à mochieu Henri, justement que le voilà.

SCÈNE IX.

MICHELINE, HENRI.

HENRI, *d'un air triste.*
Point d'argent.... Ah ! vous voilà, Micheline....

MICHELINE.
Bon jour, mochieu Henri, m'apportez-vous votre loyer ?

HENRI.
Eh ! mon Dieu non, je suis désolé....

MICHELINE.
Ne vous désola pas pour chela.

HENRI.
C'est qu'on dit que le propriétaire de cette maison est sévère....

MICHELINE.
Oui, mais il ne vous fera pas déménagea.... Est-ce que vous croya que je ne peux pas vous avança une centaine de francs. (*Avec intention*). Qu'est che que

cha fait à mochieu le Roc, ponvvu qu'il touche son argent.

HENRI, *surpris.*

M. le Roc, dites-vous? Quoi, le propriétaire de cette maison est M. le Roc?

MICHELINE.

Est-cheque vous le connaicha.

HENRI.

Air : *Vaud. du Dimanche à Passy.*

Que venez-vous de me dire?
Ce nom fait battre mon cœur.
Micheline, il faut m'instruire,
Il y va de mon bonheur.
Je crains tout assurément,
Voilà son signalement :
Un air brusque et sans façon,

MICHELINE.

Et deux ailes de pigeon.
Je le r'connaîtrais d'un' lieue.

HENRI.

Il doit avoir cinquante ans?

MICHELINE.

Oui, monsieur, avec un' queue
Des yeux noirs et des ch'veux blancs.
Propriétaire exigeant,
Pour fair' valoir son argent,
Il doit venir à midi.

HENRI.

Ah! plus de doute c'est lui.
Quoi, je loge chez mon père !
Pour éviter son courroux,
Je déménage, ma chère !

MICHELINE.

Chez lui, n'êt's-vous pas chez vous?

HENRI.

Grand dieux ! quand il apprendra
Mon mariage.

MICHELINE.

Il l'approuv'ra,

HENRI.

Mon fils !

MICHELINE.

Il le r'connaîtra.
Je me charge de tout ça.

HENRI.

Quoi, vous obtiendrez ma grâce ?

MICHELINE.

Pour vous je puis tout oser,

HENRI, *avec abandon.*

Il faut que je vous embrasse.

MICHELINE.

J' n'avons rien à vous r'fuser. (*3 fois.*)

SCÈNE X.

Les Mêmes, Mme DURAND, *sortant de la maison.*

Mme DURAND *les apercevant.*

Ah! qu'est-ce que je vois là ?

MICHELINE.

Voici votre voisine, c'est une bavarde... Allons chez
vous... je veux embrasser votre femme et le petit
bambin.

Mme DURAND, *à part.*

Ils s'en vont ensemble. (*Haut.*) Dites donc, Micheline ?

MICHELINE.

Ah! nous n'avons pas le temps, nous avons affaire tous
deux. (*Elle prend lourdement le bras d'Henri et
sortent*).

SCÈNE XI.

Mme DURAND, *seule.*

Ils ne se gênent pas, quelle moralité!... Fiez-vous
donc à ces Montagnardes que l'on dit si franches, si
naïves, elles sont comme les autres.

l'Auvergnate. 3

Air : *Vaud. de la Loge du portier.*

De son pays *(bis)*
A pied cela vient pour faire
Fortune à Paris ;
Ça s'établit d'abord fruitière,
Ça vend des choux et du charbon,
Mais qu'il vienne un joli garçou,
Avec cette grosse ignorance,
Cette prétendue innocence,
Ça vous a plus d'un amoureux....
J'ai des yeux (*bis*)
Taisons-nous (*bis*) j'ai des yeux.

Même air.

Si je voulais *(bis)*
La critiquer et médire
Comme j'en dirais,
Mais moi je n'aime pas à nuire.
Chaque matin, je vois pourtant
Entrer ce peintre lestement,
Souvent c'est le propriétaire,
Et quand chez elle avec mystère
Il en entre un, il en sort deux !
J'ai des yeux (*bis*)
Taisons-nous (*bis*) j'ai des yeux.

SCÈNE XII.

Mᵐᵉ DURAND, BENEDY.

BÉNÉDY, *un sac sur le dos et un bâton à la main. Il entre en chantant.*

Air : *Et vivent vivent les bons paysans.*

J'avons quitté notr' montagne,
Et je v'nons pédestrement
Pour épousea notr' compagne
Qui m'attend bien chagement,
Chez nous après le mariage !
On s'aim' bien plus qu'auparavant.
Ici c'est l' contrair' et souvent

8

On s' quit' après six mois d' mariage.

Mais vivent vivent les bons auvergnats !

Ce sont des gas

Qui ne s' trahissent pas,

Et vivent, vivent les bons auvergnats.

Mᵐᵉ. DURAND, *à part.*

Allons, encore un baragouineur... On n'entend que des charabias dans ce quartier St.-Jacques.

BÉNÉDY, *l'apercevant.*

Excusa, madame, pourriez-vous me dire mon chemin ?

Mᵐᵉ DURAND, *séchement.*

Où allez-vous ?

BÉNÉDY.

Voilà l'adresse par écrit : *rue des Poules, au coin de la rue du Puits qui parle.*

Mᵐᵉ DURAND.

Eh ! bien, vous y êtes.

BÉNÉDY, *saluant.*

Merchis, madame ; puisque vous êtes si complaisante, pourriez-vous m'indiqua ma paysa ?

Mᵐᵉ DURAND.

Votre payse ?

BÉNÉDY.

Oui, mademoiselle Micheline, ma bonne Micheline, une fruiquièra.

Mᵐᵉ DURAND.

Tenez, voilà sa boutique.

BÉNÉDY, *allant vers la boutique.*

Oh ! oui, je vois les pommes de Rambour! cha me la rappela. (*Il indique ses joues.*) Où she qu'elle est que je l'embrache ?

Mᵐᵉ DURAND, *avec une intention marquée.*

Elle n'est pas chez elle pour le moment ; mais si vous avez bien envie de l'embrasser, ayez un peu de patience, elle ne vous refusera pas...

BÉNÉDY.

Je crois bien !

Mᵐᵉ DURAND,

Elle ne refuse personne.

BENEDY.

Hein! qu'est-ce que vous dites?

Mme DURAND.

Je ne crois pas me tromper, vous êtes son prétendu, monsieur Bénédy?

BENEDY.

Si j'en étais capable, pour vous chervir... mais parlez-moi de ma future.

Mme DURAND.

Pauvre jeune homme, ça vient ici avec la candeur de ses montagnes, à pied, l'amour dans le cœur et le sac sur le dos.

BENEDY.

Comme vous voya.

Mme DURAND.

Ça ne connaît pas les piéges de la capitale.

BENEDY.

Je ne connais rien.

Mme DURAND.

La démoralisation...

BENEDY, *ne comprenant qu'à demi.*

Ah! chà, quoi que vous me chanta donc?

Mme DURAND.

Les fruits de l'ambition et du luxe.

BENEDY, *regardant la boutique de Micheline.*

Qu'est-ce que ces fruits là? Est-ce qu'il y en a dans la boutique de Micheline?

Mme DURAND.

Oui, malheureusement! j'ose espérer, jeune homme, que vous arrivez à temps pour la retirer du précipice.

BENEDY.

Ah! s'il en est encore temps, je ne veux pas qu'elle demeure davantage ici, je la ramènerai à Pont Gibaut.... Chependant je ne peux pas la choupchonna... Expliqua-vous mieux, madame, qu'est che qu'il y a donc à dire sur le compte de Micheline?

Mme DURAND.

Eh! dame! ça n'est peut-être pas grand chose... mais les apparences...

BENEDY.

Prenez-y garde au moins, c'hest que nous autres

montagnards, nous n'entendons pas raillerie là-dechus, et chi quelqu'un avait accusa injustement ma Micheline.... Foi d'homme il pacherait mal son temps!

Mme DURAND *effrayée*.

Aussi je ne l'accuse pas... je dis seulement qu'elle est inconséquente... (*A part.*) Allons-nous en, ces diables d'auvergnats, ça n'entend rien.

BENEDY, *la prenant par la main.*

Ah! vous ne vous en irez pas... Je veux être éclairchi de ce que vous m'avez dit là.

Mme DURAND *criant.*

Voulez-vous me lâcher, qu'est-ce que c'est donc que ça, je vais appeler la garde... Il a des mains dures comme des étaux.

BENEDY.

Air : *Quand papa lapin.*

Vous ne vous en irez pas,
Je hais la médisance,
Quand on n' prouve pas c' qu'on avance,
On s' met dans l'embarras.

M' DURAND.

De votre Mich'lin' je n' dis pas tout c' que j' pense,
Car on n' doit pas juger sur l'apparence.

BÉNÉDY.

Vous ne vous en irez pas, etc.

SCÈNE XIII.

Les Mêmes, JEROME, *entrant sur la fin du couplet un chevalet et une scie à la main. Apercevant Bénédy, il prend son bâton pour venir au secours de madame Durand.*

JEROME, *avec force.*

Eh! bien, qu'est-ce que c'est donc que ça?

Mme DURAND.

C'est un homme qui veut me faire violence.

JEROME, *levant son bâton.*

Eh! dites donc, l'ami, voulez-vous bien laisser c'te bourgeoise là, vous?

BENEDY, *levant aussi son bâton.*
Eh ! qu'est che que cha vous fait vous?

JEROME.
Est-ce que vous avez le droit d'insulter le monde?

BENEDY.
Je ne l'inchulta pas, je veux qu'elle parla...

JEROME.
Ah! bon, si ce n'est que ça, vous n'aurez pas de
peine, c'est une des bonnes langues du quartier, mais
lâchez-la, ou morb'eu!

Mᵐᵉ DURAND.
Oui; lâchez-moi...

BENEDY.
Parlerez-vous?

Mᵐᵉ DURAND.
Oui, oui, je parlerai. (*Elle se rapproche de Jérôme,
et lui dit tout bas.*) Jérôme, tenez-le bien, je me sauve.
(*Elle s'enfuit.*)

SCÈNE XIV.

BENEDY, JEROME.

BENEDY, *à Jérôme qui le tient.*
Ah! vous la faites échappa, cha n'est pas brave.

JEROME.
Qu'est-ce que vous lui voulez à c'te femme?

BENEDY, *s'asseyant sur un banc de pierre en pleurant.*
Elle m'a donna un coup dans le cœur.

JEROME.
Pas possible !

BENEDY.
Dita-moi, mon brave homme; vous qui êtes du quartier connaichez-vous Michelina?

JEROME.
La fruiquiére? Si je la connais? oui, et pour une
brave fille, dà.

BENEDY.
Eh ! ben, si vous chaviez ce que cette langue de femme
m'a conta!

JÉRÔME.

Des propos de femme !... c'est ça qui vous inquiète ...
(*Fixant Bénédy.*) Mais, dites donc, vous n'êtes pas
bien... vrai, votre figure est toute renversée, il faut
prendre quelque chose.

Air : *de Préville et Taconnet*

Pour tous les maux le remède est de boire ;
Mon camarade, avec trois litres d' vin ,
Je m' charge ici de chasser d' votr' mémoire,
L'objet cruel qui vous caus' tant d' chagrin ;
V'nez avec moi, vous n'y pens'rez plus d'main.

BÉNÉDY.

Mon cher ami, quoique j' sois à la veille ,
De perdre hélas ! cell' que mon cœur aimait,
J' m'en vas toujours vous suivre au cabaret ,
Mais j' vous préviens qu' je n' boirai qu'un' bouteille,
Car je n' veux pas l'oublier tout-à-fait.

Ah! j'ai besoin de remettre mon cœur ; mais je ne
veux pas que che choit vous qui paya.

JÉRÔME, *remontant la scène avec lui.*

Comment ! vous voudriez ?... Ah ! ben, soyez tranquille, nous n'aurons pas de dispute là-dessus.

(*Ils entrent au cabaret.*)

SCÈNE XV.

Les mêmes, M. LE ROC.

LE ROC, *appelant.*

Hé ! Jérôme ! Jérôme !

JÉRÔME, *sur la porte du cabaret.*

Plaît-il, M. Le Roc ?

LE ROC.

Dans un instant, j'aurai peut-être besoin d'un por-
teur.

JÉRÔME.

Je suis à vos ordres, M. Leroc ; tenez, vous me trouverez au petit Bacchus.

SCÈNE XVI.

LE ROC, seul.

Au cabaret, ça boit tout ce que ça gagne, et même ce que ça ne gagne pas, et ça trouve le bonheur ; quand je pense que j'ai commencé comme ça je suis arrivé de Clermont en sabots, et, à force de travail et d'économie... Enfin, je suis riche ; et pourtant je ne suis pas heureux ; c'est l'absence de ce mauvais sujet de Henri qui m'afflige toujours. Tandis que je m'occupais de travaux solides, monsieur passait son temps au Muséum ; et quand j'allais l'y sermoner, il me tournait le dos pour admirer Mlle Galatée ou M. Apollon. Ah ! que les pères sont par fois malheureux ! (*Il soupire.*)

SCÈNE XVII.

LE ROC, MICHELINE.

MICHELINE, *sortant de sa boutique, en riche toilette d'Auvergnate.*

Allons, me voilà prête, comme cha je ne ferai pas attendre. (*Apercevant M. Le Roc.*) Vous voilà déjà de retour. Pourquoi donc cet air triste, un homme riche comme vous ?

LE ROC.

Ah ! la richesse ne fait pas le bonheur. (*Tirant sa montre.*) Il est midi, ma bonne Micheline !

MICHELINE.

Vous vena chercha vostre argent ?

LE ROC, *en soupirant.*

Oui, Micheline ! je viens le chercher ce misérable argent.

MICHELINE, *malignement.*

Et chil n'était pas j'encore prêt...

LE ROC, *sévèrement.*

Comment ! pas encore prêt ? Micheline, pas de mauvaises plaisanteries.

MICHELINE, *de même.*

Chi tous mes locataires ne m'avaient pas payée !

LE ROC.

Ce sera une leçon pour vous, et vous donnerez congé à ce mauvais locataire.

MICHELINE.

Oh ! je ne crois pas, vous ne le voudriez pas.

LE ROC.

Si, parbleu ! je parie que c'est votre peintre du quatrième.

MICHELINE.

Ne pariez pas, vous gagneriez... Allons, ne vous fâchez pas; votre argent, il est tout prêt, je vais vous le donna ;... mais il faut que vous me fâchiez un plaijir.

LE ROC, *se déridant.*

Un plaisir, Micheline ? volontiers; et vous dites que mon argent est prêt?...

MICHELINE.

Là, dans mon arrière boutique, dans le tiroir de iña commode.... mais regardez-moi donc... Est-ce que vous ne voyez pas comme je chuis brave?

LE ROC.

Si fait, vous avez un air de conquête... (*Avec convoitise.*) Micheline, vous êtes belle fille, au moins.

MICHELINE.

Ah ! la jeunesse, la beauté du diable; et puis le sang de l'Auvergna est beau.

LE ROC, *avec enthousiasme.*

Oui, superbe sang, il coule aussi dans mes veines...

MICHELINE.

Bah ! est-ce que vous êtes compatriote?

LE ROC.

De Clermont, rien que ça.

MICHELINE.

Ah ! vous j'êtes auvergnat aussi.

LE ROC.

Et j'ai toujours conservé l'amour de la patrie, c'est pour cela, Micheline, que je vous ai donné de préférence la location de ma maison...

MICHELINE, *faisant la révérence.*

Merci, mochieu Leroc,

L'Auvergnate.   4

LE ROC.

Parce que je connais la probité de nos montagnes.

MICHELINE.

Eh bien! mochieu Leroc, vous m'encouragea à vous faire une demanda...

LE ROC.

Parlez, Micheline.

MICHELINE.

Vous voya ma toilette, chest que je chuis marraine.

LE ROC.

Vous me l'avez dit tantôt.

MICHELINE, avec hésitation.

Oui, mais chest que je n'ai pas de compère...

LE ROC.

Eh bien?

MICHELINE, de même et faisant la révérence.

Et si vous vouliez me faire l'honneur...

LE ROC.

Ah! diable, Micheline, c'est que ça coûte cher ces cérémonies-là...

MICHELINE.

Eh non, mochieu Leroc.

LE ROC.

Il faut donner à la marraine des gants...

MICHELINE.

Du tout, j'ai mes mitaines de poil de lapin.

LE ROC.

Des boîtes de dragées...

MICHELINE.

Est ce que je mangia de cha? mes dragées à moi, ce sont des pommes de terre...

LE ROC.

Vous avez raison, c'est un précieux tubercule!.. mais les fiacres?...

MICHELINE.

Nous irons à pied à la municipalité.

LE ROC.

Tout cela est fort bien; mais,... il faudra faire un cadeau à l'accouchée.

MICHELINE.

Il ne vous ruinera pas.

LE ROC.

Air : *Voulant par ses œuvres.*

Mais quand on est parrain, ma chère,
On contracte un engagement,
Qui dit parrain dit presque père
Et je refuse nettement.

MICHELINE.

Ces époux pour ce bon office
Ne vous d'mand'raient qu' votre amitié ?

LE ROC, *réfléchissant.*

Point de cadeaux, aller à pié,
Je puis leur rendre ce service.

MICHELINE.

C'est si gentil, un filleul ! ne cherez-vous pas content,
au jour de l'an, quand il viendra vous dire : mon parrain, je vous chouhaite la bonne année, accompagnée de
plusieurs austra ?

LE ROC, *changeant de ton.*

Du tout, je ne serais pas content, parce qu'il faudrait
donner des étrennes.

MICHELINE.

Che chont des gens qui m'intéressent beaucoup; si
vous les connaissiez...

LEROC.

Ah ! çà, donnez-moi mon argent que je m'en aille.

MICHELINE.

A propos, je vous ai ménagia une churprise; j'ai aug-
menta plusieurs loyers, et vous trouverez, ce terme ici,
soixante francs de plus.

LE ROC, *enchanté.*

Soixante francs de plus! Eh! mais c'est un véritable
trésor qu'une principale locataire comme Micheline.

MICHELINE.

Vous êtes chatisfait ? Allons, allons, que cela vous dé-
cide; accepta d'être parrain avec moi... on ne sait pas
où cha peut mener (*elle rit.*)

LE ROC, *enthousiasmé.*

Il est vrai que cela pourrait mener jusqu'à cent francs,
Soixante francs de loyer de plus pour un terme !...

Air : *En attendant.*

Avec plaisir
Je vois ici, ma chère,
Tout l'intérêt qu'on met à me servir,
Ah ! permettez, sur ce front, ma commère,
Que je dépose un baiser de compère...

MICHELINE, *en s'avançant.*

Avec plaisir (*bis*)

(Elle tend la joue, Leroc l'embrasse; Bénédy et Jérôme qui sortent du cabaret, les aperçoivent.

BÉNÉDY, *stupéfait.*

Ah ! mon Dieu ! qu'est-ce que je vois là ? (*Jérôme le retient à bras le corps.*)

LE ROC, *à Micheline.*

Je cours chercher deux bouquets au coin de la rue Sainte-Hyacinthe. *Il sort.*

SCÈNE XVIII.

MICHELINE, BÉNÉDY.

BÉNÉDY.

Ah ! qu'est-che que j'ai vu ?

MICHELINE.

Eh ! je ne me trompe pas, c'hest toi, mon bon Bénédy?

Air : *Il était une fillette.*

Viens donc embrasser Mich'line
Qui t'attend d'puis si long-temps,
Mais tu fais un' drôl' de mine,
N' rest' donc pas les bras balants.

BÉNÉDY, *à part.*

Fiez-vous donc
A c' t'abandon.

Haut.

J' sais d' vos nouvelles,
Vous en faites d' belles,

MICHELINE.

Ah ! cha, voulez donc parla,

Et ne pas prendre ce ton-là ;
N' fait' donc pas tant votre embarras.
Comme vous m' toisez du haut eu bas.

BÉNÉDY.

J'ai des raisons, n'en doutez pas,
Pour vous traiter du haut en bas.

Je vois bien que l'air de Paris il est mauvais pour les filles, je ne voulais pas te voir quitter nos montagnes, quand ta marraine t'a fait venir pour tenir sa boutique, avec elle.

MICHELINE.

Elle m'a laiché son héritage pour moi toute seule, je suis riche, Bénédy, et je veux que tu le sois aussi.

BÉNÉDY.

Je me moque bien de ta richesse.

MICHELINE.

C'hest que quand on est riche, on peut faire du bien aux autres.

BÉNÉDY, *tristement.*

Ah ! vous n'en faites que trop de bien aux autres.

MICHELINE.

Ah ! cha, Bénédy, je ne te connais plus.

BÉNÉDY.

Ni moi non plus, c'hte fille si sage, si honnête, qui devait me garder son cœur...

MICHELINE.

Je te l'ai garda.

BÉNÉDY.

Me garder sa main.

MICHELINE, *pleurant.*

Je te l'ai garda... je t'ai tout garda !

BÉNÉDY.

Eh ! ne vous ai-je pas vu embrasser un petit vieux !...

MICHELINE.

Est-che qu'il n'est pas permis d'embracher son compère...

BÉNÉDY.

Ah ! c'était votre compère ?... mais un autre jeune homme qu'une brave voisine a vu vous embrasser aussi...

MICHELINE.

Mochieu Henri, c'est encore un compère...

BÉNÉDY.

Combien donc en avez-vous de compères?.. et qu'est-
che qu'il allait faire tous les matins dans votre arrière
boutique?...

MICHELINE.

Ah! fi... Bénédy, vous me soupçonnez, vous accusa
Micheline!.. vous mériteriez qu'elle ne vous réponde pas.
Vos choupechons ils sont injustes et ils blessent mon
pauvre cœur. (*Elle pleure.*)

BÉNÉDY, *pleurant aussi.*

Tu pleures, Micheline?

MICHELINE.

Oui, je pleure de voir que Bénédy n'a plus de confiance en moi, qu'il me croit faite pour le trompa. Je
pourrais le désabusa, mais non, celui qui m'a cru capable
d'une mauvaise action, ne mérite pas que je me justifie.
Elle s'en va.

BÉNÉDY, *l'arrêtant.*

Micheline, tu t'en vas! arrêta, je t'en prie; non, je
ne veux pas que tu te justifies, c'hest moi qui chuis dans
mon tort. Viens, je te demande pardon... pardon de
l'avoir soupçonna (*Il se jette aux genoux de Micheline.*)

MICHELINE.

Vrai! en vérité, tu me crois sage et fidèle?...

BÉNÉDY.

Oui, comme une bonne et franche auvergnate. (*Il se
relève.*)

MICHELINE.

A la bonne heure, et tu as raison...

BÉNÉDY, *lui présentant la main.*

Touche là.

MICHELINE.

Air : Vaud, de Fanchon.

Après pareille épreuve,
J' te veux donner la preuve
  Que j' suis à toi
  Comme t'es à moi.

BÉNÉDY.

Des preuv's, est-c' que t'es folle?
Apprends que ton bon Bénédy
Te croira sur parole.

MICHELINE, *lui frappant fortement sur l'épaule.*

Tu f'ras un bon mari,

BENEDY, *parlant.*

Tiens, vois-tu, à présent, Micheline, on viendrait me dire de tous côtés...

Même air.

Que tu ne m'aimes guères,
Que t'as cinq six compères,
Et qu' tous les jours,
A leurs discours
Tu te montres sensible,
Qu' tu fais cela, qu' tu fais ceci...
J' dirais c' n'est pas possible...

MICHELINE, *lui frappant sur les deux joues, en riant.*

Tu s'ras un bon mari !

MICHELINE.

Attends un peu, Bénédy, je vas te montrer ce que ce jeune homme faisait dans l'arrière boutique. (*Micheline entre chez elle.*)

BENEDY, *voulant la retenir.*

Eh ! non, che n'est pas la peine, puisque j'ai confiance.

MICHELINE, *apportant son portrait.*

C'était pour toi que je lui prestais ma figure, regarde cha...

BENEDY, *riant.*

Oh ! oh ! oh ! tu t'es fais faire en peinture.

MICHELINE.

Je voulais te l'envoya pour te faire pencher à moi.

BENEDY,

Je n'en avais pas bejoin, mais dis-moi, pourquoi ne t'a-t-il pas fait le pied en l'air... comme cha ?...

MICHELINE.

Ah ! oui, comme quand nous dansions ensemble à Pont-Gibaut.

BENEDY.

Oui, comme nous dansions à Pont Gibaut.

Air Montagnard.

Les accompagnemens sont de M. Hus-Desforges.

ENSEMBLE, *en dansant.*

Il faut nous voir dancher, entre amis,
La danche du pays,

C'hest toujours, chez les Auvergnats ;
L' plaisir qui marque le pas.

MICHELINE.

Sur nos montagnes
Je m' crois avec toi,
J' vois nos compagnes
Danser comme moi.
Gaîté, franchise,
Dans leurs doux ébats ;
C'est la devise
Des Auvergnats.

ENSEMBLE, *en dansant.*

Il faut nous voir dancher, entre amis, etc.

BENÉDY.

Quand je t'enlace
Le cœur satisfait,
Cha me délasse
Du chemin que j'ai fait.
Gaîté, franchise,
Dans leurs doux ébats ;
C'hest la devise
Des Auvergnats.

Il faut nous voir dancher, entre amis, etc.

(*Jérôme paraît avec une musette, et les accompagne
pendant toute la dernière reprise.*)

MICHELINE, *après la danse.*

Ah ! que ça fait plaisir quand il y a long-temps.

SCÈNE XIX.

Les Mêmes, HENRI.

HENRI, *vivement.*

Hé bien, ma bonne Micheline, partons-nous ?

MICHELINE.

Tout de suite ; justement voici le parrain, mais il n'est
pas encore temps qu'il vous voye ; entrez un instant là
dedans tous deux.

HENRI.

Que voulez-vous faire ?

MICHELINE.

Bénédy, emmène le, je vous préviendrai quand il
chera temps. (*Bénédy et Jérôme emmènent Henri dans
la boutique.*)

JÉROME, *les suivant.*

Qu'est-ce qu'elle a donc aujourd'hui, mademoiselle
Micheline ?

SCÈNE XX.

MICHELINE, M. LE ROC.

LE ROC, *apportant un bouquet.*

Air : *du Maçon.*

Pour vous fleurir, belle commère,
D'ici j'ai couru tout d'un trait,
Et j'ai prié la bouquetière
De m'arranger ce gros bouquet.
Mais pour qu'il vous charmât d'avance,
J'ai mis deux fleurs de circonstance
    La rose est là
    Le lys par là
(en lui tapant sur les bras):
    En pays de connaissance
    Le bouquet se trouvera.

MICHELINE.

Comme vous êtes galant? Ah! cha, on va nous ame-
ner nostre marmot. Je dis nostre, car vous savez qu'un
parrain et une marraine, c'est comme un père et une
mère....

LE ROC.

Pas toujours.

MICHELINE.

Ah! dame, chez nous autres Auvergnats, les devoirs et
les engagemens, c'hest sacré, voyez vous.

LE ROC.

Ah! çà, vous me faites peur, je désire bien d'être compère avec vous, mais contracter des engagemens avec ce
petit drôle....

MICHELINE.

Air : *du Passe partout.*

Si cet enfant tombait dans la misère,
Si ses parens v'naient à fermer les yeux,
Je srais sa mèr' comm' vous seriez son père.

LEROC,
Cela devient bien sérieux.

MICHELINE.

Sur vous chacun jase à la ronde;
Vous valez mieux qu'votre réputation;
Et vous allez étonner tout le monde
En faisant c'te bonne action.

Tenez, il est là, ce petit gaillard. (*Voulant emmener
le Roc*). Venez, venez le voir.

SCÈNE XXI.

Les Précédens, Madame DURAND,
paraissant au fond.

MICHELINE.

En vérité, je trouve qu'il vous ressemble.

Mme DURAND, *à part.*

Est-ce que par hasard ; voyons donc ça.

LE ROC.

Bah! bah! idée, à cet âge-là, on ne ressemble à
rien.

MICHELINE.

Chi fait, il a un gros nez comme vous. Vous l'aime-
rez bien, n'est-che pas ?

LE ROC.

Oui, oui, je l'aimerai puisque ça vous plaît.

MICHELINE.

Vous n'avez plus votre fils auprès de vous, il en tien-
dra la place.

LEROC.

Micheline!

MICHELINE.

Vostre fils que vous avez renvoya... Eh bien! chi le
père de ce petit l'abandonnait aussi,

LE ROC, *ému.*

Qu'est-ce que cela veut dire ?

MICHELINE.

N'est-ce pas qu'un père ne doit pas abandonna son
enfant.

LEROC, *avec force.*

Non certainement.

MICHELINE, *avec âme,*

Est-ce que vostre cœur ne vous dit pas quelque chose?

LEROC.

Je ne crois pas.

MICHELINE.

La nature ne vous dit pas que cet enfant là, il est à
vous?

Mme DURAND, *dans le fond.*

Comment M. le Roc aurait fait des siennes.

LE ROC, *avec colère,*

A moi? ce n'est pas vrai, c'est une imposture! je
suis un homme rangé et incapable....

(35)

MICHELINE, *avec abandon.*

Mais il est à vous puisqu'il est à votre fils que voilà.
(*Elle désigne Henri.*)

LE ROC, *se retournant.*

Que vois-je! Henri?

HENRI, *avançant vivement.*

Air: *de Marianne.*
Oui, c'est votre fils, ô mon père,
Daignez l'adopter aujourd'hui,
Si j'obtiens mon pardon, j'espère
Que je ne le devrai qu'à lui.
Cet enfant-là
Qui grandira,
Un jour sera
L'appui du grand papa.
Vous êtes bon,
Cette maison
Étant à vous
Devait s'ouvrir pour nous,
La chose était bien naturelle,
Chez vous si je vins habiter,
Ah! c'était pour ne plus quitter
La maison paternelle.

LE ROC.

Ah! Micheline, vous m'avez trompé!

MICHELINE.

Pour votre bien, vous ne pouvez plus vous dédire.

LE ROC, *à Henri.*

Et c'est vous, Monsieur, qui n'aviez pas payé votre
loyer?...

MICHELINE, *gaîment.*

J'espère qu'il a quittance.

HENRI.

Bonne Micheline, je vous dois mon bonheur.

BÉNÉDY.

Et je me charge du sien, c'est une brave femme que
j'aurai là; (*apercevant M.*ᵐᵉ *Durand.*) elle ne vous ressemble pas, mauvaise langue.

Mᵐᵉ DURAND.

Micheline, j'avais été abusée sur votre compte; je
vous rends mon estime; vous me donnerez des dragées,
n'est-ce pas?   MICHELINE.

Tout le monde en aura. M. Henri, je vous ai trouvé
un parrain; j'espère que vous me ferez l'honneur d'être
celui de mon premier enfant.

LE ROC, *prenant l'accent auvergnat.*

Ah cha! Micheline, je vous ai dit que le sang de l'Au-

(36)

vergue, il coulait dans mes veines, et je vais vous le prouver par mon bon cœur; oui, Henri; j'oublie toutes tes folies; mais songe bien que, si je te pardonne, c'est grâce à Micheline et à ton petit bambin; car me voici grand-père.

VAUDEVILLE.

Air : vaudeville de Catinat à saint Gratien.

LE ROC.

Je fus avare assez long-temps
C'était pour doubler ta richesse;
Mais je serai pour mes enfans
Toujours prodigue... de tendresse.
Pour bien peupler cette maison,
Dont je suis le propriétaire
Tous les ans je veux, mon garçon,
Un nouveau petit locataire.

BENÉDY.

Pour augmenter ses revenus,
A Paris, c'est l'nouveau système;
On loue un' mansard' mille écus
Et pourtant elle est au sixième.
Logez au second, au premier
Les richards et les gens d'affaires,
Mais gardez au moins le grenier
Pour loger les pauvr's locataires.

MADAME DURAND.

Qu'il est aimable l'âge heureux
Dont le doux souvenir me touche.
Je logeais l'amour dans mes yeux,
Je logeais les ris sur ma bouche
Dans mon maintien si dégagé
Je logeais les graces légères,
Qui donc leur a donné congé;
Je ne vois plus mes locataires.

HENRI

Par une heureuse invention
Que l'on doit au siècle où nous sommes,
On orne d'une inscription
Les demeures de nos grands hommes.
Malgré maint chef-d'œuvre nouveau,
Sur ta chambre, ô divin Molière!
C'est en vain qu'on met écriteau,
Elle reste sans locataire.

MICHELINE, au public.

J'ai du zèl', j'aime à travailler,
Je mène la besogne ferme;
Je suis nouvell' dans le quartier
Et j'veux y rester plus d'un terme;
Je suis ronde et de bonne foi;
Le changement ne me plait guères.
Messieurs, passez bail avec moi
J'vous prends tous pour mes locataires.

FIN.

Clara Wendel ou la femme brigand,
Vaudeville en un acte, avec Brazier,
représenté sur le Théatre du Gymnase,
le 13 Mai 1826. (point de succès.)

La pièce était fondée sur le quiproquo
d'une concitienne en voyage, qu'on prenait
pour la femme Brigand. Madame Théodore
qui jouait Clara Wendel, y mettait beaucoup de
Grace.

www.ingramcontent.com/pod-product-compliance
Lightning Source LLC
Chambersburg PA
CBHW060851180626
46818CB00004B/1659